JULES DE GÈRES

TOUS
LES HOMMES
SONT FOUS

BAVARDAGE IMPROVISÉ

La terre est pleine de fous. (ERASME.)

Les plus fous sont ceux qui crient le plus
contre la folie. (CICÉRON.)

.... Mais parmi les plus fous,
Notre espèce excella. (LA FONTAINE.)

⌐ 3ᵉ ÉDITION ⌐

Extrait des Actes de l'Académie de Bordeaux.

BORDEAUX

G. GOUNOUILHOU, IMPRIMEUR DE L'ACADÉMIE
11, RUE GUIRAUDE, 11

1874

Y

JULES DE GÈRES

TOUS
LES HOMMES
SONT FOUS

BAVARDAGE IMPROVISÉ

La terre est pleine de fous.   (ERASME.)

Les plus fous sont ceux qui crient le plus
contre la folie.   (CICÉRON.)

.... Mais parmi les plus fous,
Notre espèce excella.   (LA FONTAINE.)

~ 3e ÉDITION ~

Extrait des Actes de l'Académie de Bordeaux.

BORDEAUX

G. GOUNOUILHOU, IMPRIMEUR DE L'ACADÉMIE

11, RUE GUIRAUDE, 11

1874

TOUS

LES HOMMES SONT FOUS.[1]

A M. A. VAUCHER.

> La terre est pleine de fous.   (ERASME.)
> Les plus fous sont ceux qui crient le plus contre
>   la folie.   (CICERON.)
> .... Mais parmi les plus fous,
> Notre espèce excella.   (LA FONTAINE.)

Tous les hommes sont fous, — y compris les poètes, —
Tous les hommes sont fous, c'est ma conviction.
L'épouse d'Uranus, la reine des planètes,
A tristement changé de destination.
Le paradis perdu qu'à vingt ans nous rêvâmes
N'est qu'un grand hôpital où nous nous traitons tous;
Je me sens trop discret pour rien dire... des femmes,
Mais, entre vous et moi, tous les hommes sont fous.

C'est là, je le confesse, une humble destinée.
A l'arrêt général la masse fait appel,

[1] Lu en séance publique de l'Académie, le 24 novembre 1853.

Souvent la vérité d'un paradoxe est née ;
De la chair qui s'effraie approchons le scalpel.

I

Chacun de nous connaît et subit sa folie,
Les plus adroits sont ceux qui la cachent le mieux.
Quand cet aveugle orgueil dont notre âme est remplie,
Au grand jour du bon sens veut bien ouvrir les yeux,
Il faut, de bonne foi, qu'il tombe et s'humilie ;
L'augure n'y tient plus et perd son sérieux.

Tous les fous, grâce au ciel, ne sont pas à Bicêtre,
Et les plus fous sont ceux qui pensent ne point l'être.
Chacun croit sa raison bien saine, Dieu merci !
On se flatte, on s'abuse, et sans cela peut-être,
Ni vous, — ni moi surtout, — ne resterions ici.

Si l'habit ne fait pas le moine, je présume
Qu'on doit, pour bien juger, découdre l'oripeau :
La sagesse des gens n'est pas dans leur costume,
Et le feu sous la cendre a plus d'un trou qui fume.

Se coiffer d'un turban, d'un fez ou d'un chapeau,
Se vêtir de haillons ou geler dans sa peau,
Pour saluer l'ami qui gaîment vous arrête,
Lui présenter le nez, la main droite, ou la tête,
Être blanc comme un cygne ou noir comme un corbeau,
Beau comme Antinoüs, laid comme Mirabeau,
Varier de langage en variant de pôles,
Et, suivant le zénith sous lequel on est né,

Étourdir l'air de cris, de sons ou de paroles,
Rien n'y fait, dans le sang le vice est incarné.
On peut diversement se partager les rôles,
Le mal n'en est pas moins au cœur enraciné.
C'est en dedans surtout qu'est la pire folie,
L'art est de pénétrer chez l'homme intérieur.
Mais le vieux temple usé qui se lézarde et plie
Sait tromper les passants, dont le regard s'oublie
Aux badigeons menteurs du mur extérieur.

La folle du logis, qui jamais ne s'absente,
Fermant à double tour la sagesse impuissante,
Fait agir à son gré les gens de la maison,
Rien n'a lieu sans son ordre ou sans qu'elle y consente;
Elle règne et gouverne, Érasme a bien raison.

II

Ah ! c'est un triste sort qu'a l'humaine nature !
La terre n'a point eu le plus brillant fleuron,
Le Créateur n'a pas flatté sa créature.
Il faut dans un désert errer à l'aventure,
Ronger le frein qui pèse et sentir l'éperon.

Dès qu'un souffle vivant s'empare de notre être,
Un duel s'établit dont nous sommes l'enjeu.
Les deux camps ennemis commencent à paraître,
Et, mesurant les coups, croisent déjà leur feu.
Sur les rideaux craintifs de l'enfant qui va naître,
La lutte est acharnée, et ce n'est point un jeu :

— « Moi, qui viens du Très-Haut, — dit l'un des deux génies, —
» Je donne la sagesse avec ses harmonies,
» La bonté, la candeur, l'innocence, la foi,
» La charité, l'amour. » — « Attends, dit l'autre; — moi,
» Je donne la folie avec ses tyrannies,
» L'orgueil, l'impiété, la haine de la loi,
» Toutes les passions et leurs ignominies. — »
— « Mais, reprend le premier, — navré d'un triste effroi, —
» Je tourne contre vous vos plus mortelles armes,
» Je récolte la vie où vous semez la mort,
» Je sais puiser la joie où vous versez les larmes,
» L'athlète qui combat n'en devient que plus fort.
» Je dirige avec fruit ses passions ardentes,
» L'ardeur devient le zèle, et la soif du bonheur
» Mène insensiblement aux sources abondantes... » —
— Le second dit : — « Tombez! promessses imprudentes,
» Le découragement, le doute, avant-coureur
» Du désespoir glacé qui flétrit la victime,
» Viendront; je les tiens prêts avec le déshonneur. » —

— « Vous êtes là, Seigneur, votre droite sublime
» Pesant dans sa justice, au grand livre écrira! »

— « Je veillerai du ciel! » — « Je veille de l'abîme. » —

Ainsi, de son côté, chacun nous tirera;
Va maintenant, pauvre âme, à qui t'emportera!

Dieu permet trop souvent que son ange succombe,
Le meilleur combattant n'est pas le plus heureux.
Le pied glisse aux plus forts, et leur courage tombe,
Très peu se tiennent droits sur un sol dangereux.

Un sage est pièce rare, et les fous sont nombreux.

Le plus adroit nageur est celui qui refoule,
Mais c'est une bravade, une témérité;
Il est plus sûr d'aller avec le flot qui coule.
Laissons donc, un moment, les sages de côté :
Dans le courant immense où tout est emporté,
Entrons; — parler des fous, c'est parler de la foule,
Médire de soi-même et de l'humanité.

III

Deux êtres sont en nous bien distincts de nature :
L'un se moque de l'autre et rit de tout son cœur;
Mais l'autre se rengorge au nez de son moqueur,
Et, se prenant lui-même à sa propre imposture,
Arbore insolemment un sourire vainqueur.

L'un, comme Triboulet, pouffant au fond du verre,
Suivant sa majesté, — qui va faire un faux pas, —
Prend le pan de sa robe, et collé sur ses pas,
Fait d'un joyeux lazzi tomber cet air sévère,
Ce front officiel que le peuple révère,
Et qu'ont toujours les rois qui ne s'amusent pas.

L'autre arrange à huis-clos sa physionomie,
Apprend son petit rôle, et drapant avec art
Un mérite augmenté d'un peu de bonhomie,
Accepte un bon fauteuil dans une Académie,
Et s'honore en secret comme un génie à part.

Quelquefois, — rarement ! — sa majesté lassée,
Trouvant le métier long, remet le masque au clou,
Et, dépouillant enfin l'étiquette glacée,
Dans une belle humeur tend les mains à son fou,
Pour reposer à deux la contrainte passée.
Ah ! ces jours-là, c'est fête, au logis ; — franchement,
Maîtres et serviteurs passent un bon moment,
Bonnets sur les moulins dansent la ritournelle,
Le roi sourit, Platon devient Polichinelle.
Chacun se dit son fait, sans pitié ! — seulement,
Le public n'entend rien de ce duo charmant.

Hélas ! les meilleurs jours s'en vont comme les roses,
Les rats, au moindre bruit, s'esquivent du festin.
Il faut se réveiller dans les soucis moroses,
Et reprendre son bât sous le double destin.
Arlequin, bouche pleine, et nouant sa cravate,
Sous le frac boutonné prompt à glisser sa batte,
Au parterre béant déguise ses apprêts.
Le rideau se relève et les acteurs sont prêts :
Épicure, Messieurs, va jouer les Socrate.

Les auditeurs charmés prennent la pièce au mot.
On entendrait voler des mouches, rien ne bouge :
La farine est encore aux lèvres de Pierrot,
Le fard altère un peu les hivers de Margot,
Mais le public berné ne voit ni blanc, ni rouge,
Et personne n'entend les rires du grelot.

Cependant, la coulisse est reine en perfidie,
Et le décor qui brille a de vilains dessous.
C'est éternellement que cette comédie

Avec un plein succès se joue aux yeux de tous;
Et pourtant, — et pourtant tous les acteurs sont fous !

IV

Hogarth ! Holbein ! Callot ! peintres si vrais qu'inspire
Le plus triste côté des mortelles douleurs,
Vous qui feriez pleurer si vous ne faisiez rire,
Ce que vous avez peint, donnez-moi de l'écrire,
Je veux tremper ma plume à vos franches couleurs !
L'austère vérité fut votre seul modèle.
Votre palette, aidant votre esprit convaincu,
A la réalité savait rester fidèle,
Et, regardant à froid dans l'Enfer entrevu,
Vous avez fait sans peur ce que vous avez vu.

Qui n'a pâli devant cette toile effrayante
Ouvrant au spectateur, comme un nid de hibous,
Le lugubre préau d'une maison de fous ?
L'un vous tend tristement une main suppliante.
L'autre, d'un poing fermé vous promet le courroux.
Celui-ci, l'air niais et le visage doux,
Épanouit en cœur sa lèvre souriante,
Celui-là met des gants et prend un éventail.
Cet autre, tout pensif, plongé dans quelque rêve,
Les poings sous son menton, comme Hoffmann en travail,
Recommence sans fin le calcul qu'il achève.
L'un s'arme d'un vieux casque, et la main sur son glaive,
Se campe fièrement en travers du vantail.
L'autre, mourant de peur, et croyant voir un spectre,

Retient en frissonnant ses doigts contre ses yeux.
Il en est un plus long, plus droit, plus sérieux,
Qui porte avec grandeur la couronne et le sceptre.
La cour prend en pitié ce pauvre glorieux;
On le siffle, on se moque, on boude, on prend les armes,
On chante, on bâille, on est stupide ou furieux,
On rit à s'étouffer, on pleure à chaudes larmes;
Un seul, fuyant l'enfer de ces affreux vacarmes,
A genoux dans un coin demande grâce aux cieux.
Un seul, le front plaqué sur l'étroite fenêtre,
Bat d'un air résigné la vitre avec ses doigts;
Mais tous sont convaincus, chacun prend à la lettre
Son rang, sa dignité, sa valeur et ses droits.
Rois, princes, généraux, législateurs, artistes,
Peintres, musiciens, banquiers et magistrats,
Politiques, penseurs, poètes, utopistes,
Cœurs honnêtes, pieux, fourbes et scélérats,
Tous sont vrais dans leur rôle... et n'en sont que plus tristes !

Eh bien ! quelque hideux que soit ce noir tableau,
Il n'est point sans rival sur la machine ronde;
Celui que l'on peut voir exposé dans le monde,
Pour être plus commun, n'en reste pas plus beau;
Et ne diffère, au fond, que d'un coup de pinceau.
Deux couleurs sont en plus : d'abord la jalousie,
Serpent intérieur qui prend l'homme au berceau;
L'envie au teint de plomb; — et puis l'hypocrisie
Qui vient baisser la toile et souffler le flambeau.

V

Si l'on jette un coup d'œil sur le pavé des villes,
Que voit-on ?... Des yeux creux, des fronts préoccupés,
Des traits pâlis, hagards, et des esprits frappés,
Qui vont, libres forçats de leurs rêves serviles,
Demander la revanche à des calculs trompés.
Chacun, flot d'une houle incessamment accrue,
S'essouffle à ressaisir le songe qu'il poursuit,
Haletant, marchant vite, et craignant que la nuit
Qui mord déjà le jour dans les bas fonds de rue,
Ne le surprenne, avant sa tâche parcourue.

Or, le grand but, d'abord, et le plus exigeant,
Qui de tous ces pantins fait mouvoir les ficelles,
Attèle au même joug le riche et l'indigent,
Éblouit les badauds par des flots d'étincelles,
Le tyran le plus fort, le plus vil, c'est l'argent.
Voilà le Dieu suprême, et la grande folie,
L'argent est tout, peut tout ; c'est l'esprit, c'est l'honneur,
C'est le mérite ! — Enfin, préjugé suborneur !
La morale publique à ce point s'humilie
De penser que lui seul a la clé du bonheur.
Quand le cœur est rouillé, c'est lui qui le redore.
Tous les écus sonnants sont de bonne maison.
L'acier faisait le preux, l'argent fait le blason.
Mais ce n'en est pas moins la boîte de Pandore,
Le vieux monstre de Crète, et l'ogre qui dévore
Le repos, la santé, la vie et la raison.

Passons : un tel sujet absorberait ma plume,
L'hydre a plus d'une tête, et cette passion
Pour son portrait hideux voudrait plus d'un volume.

Un autre ver nous ronge, et c'est l'ambition.
Voyez dans tous les rangs sa fièvre qui s'allume,
A son culte récent un grand peuple est soumis.
Celle-là vient aussi des froids marais de Lerne,
Elle est sans cœur, sans foi, ne connaît pas d'amis,
Parjure effrontément les vieux serments promis,
Va, marche, court sans trève, et, juif errant moderne,
Remet toujours sa voile au vent qui la gouverne.
Voilà le mal qui ride et qui rend soucieux.
La conscience en meurt; le jeune ambitieux,
Pour arriver plus vite aux grandeurs qu'il espère,
Passerait sans pitié sur le corps de son père.
Il faut réaliser ce que l'orgueil promet,
Monter, monter quand même, et s'asseoir au sommet.
On cache les moyens sous une fin prospère,
Ce que l'honneur défend, le Code le permet.

Folie ! Et pour quel prix s'agiter de la sorte ?
Tous les publics — (hormis celui qui me supporte), —
Tous les publics sont faits de trois classes de gens :
L'un voit dans vos succès la faveur qui vous porte,
Cherche un joint de cuirasse, et rit à vos dépens.
L'autre hait un rival; — les plus intelligents
S'inquiètent fort peu de ce qui vous transporte;
Et votre gloire entend aboyer à sa porte
Les niais, les jaloux et les indifférents.

Ainsi, le ver mortel gît au cœur de la pomme.

Puis la fatalité, qui s'acharne à vos pas;
Car il faut bien aussi le reconnaître, en somme !
Le hasard met la main dans les œuvres de l'homme,
La vie est un projet... qu'on n'exécute pas !

L'ambition n'est donc que la folie extrême
Des esprits fourvoyés, des cœurs aventureux.
Mais le dégoût de soi monte au faîte suprême,
On ne trompe, pas plus que les autres, soi-même,
On devient grand, puissant; — mais on n'est pas heureux.

Ah ! chimère d'orgueil qu'on se tue à poursuivre !
Une louange vaine en regrets superflus
— (Qu'on vous marchanderait si vous deviez revivre), —
Un nom sur du papier, un profil sur du cuivre...
Voilà tout ce qu'on donne aux grands qui ne sont plus !

La troisième démence est l'amour. — Qu'il me garde,
Ce petit dieu rusé, qui, malgré son bandeau,
Triche, et voit par un coin celui qui le regarde,
De lever, indiscret, un bout de son rideau !
Est-il une folie, après tout ? — Vaste thème !
Cela dépend un peu de l'objet que l'on aime,
Des périls qu'on affronte à ce pas dangereux,
Du vent, de la saison, et de l'âge lui-même.
A vingt ans on dit plus, à trente ans on sait mieux,
A quarante... ma foi, c'est un sujet scabreux;
Je ne suis pas de force à bâtir un système,
Et donne la parole aux bavards amoureux.
Il s'en trouve toujours quelques-uns.

Dans la lice
Arrive enfin sans bruit la chagrine avarice

Elle couronne l'œuvre, et de ses doigts crochus
Ferme et garde en tremblant le fragile édifice.
Tout âge de la vie a sa part du calice,
Et chaque jour en prend les lots qui sont échus.
C'est en vain que le fou vieillit et se déplace,
La robe de Nessus le suit dans le trajet,
Le feu qu'il voit brûler ne change point de place ;
Il est dans l'objectif, et non pas dans l'objet.

VI

La Folie est Protée, et sous un masque habile,
D'après le vent qui souffle adroitement changé,
Recompose en tournant sa figure mobile.
Elle est vice, défaut, travers ou préjugé.
Elle est indifférence ou torpeur, égoïsme,
Orgueil, illusion, luxe, fatuité,
Frayeur déraisonnable, imprudence, héroïsme,
Plaisir, intempérance, ivresse, volupté,
Hypocrisie, amour de popularité,
Sot besoin de parler, de briller, de paraître
Ce qu'on n'est pas surtout, et ce qu'on ne peut être,
Mensonges, vains espoirs, voyages, — guerre, enfin,
Cette folie en grand qui coûte tant de larmes,
Et, pour un faux honneur, mal jugé par les armes,
Laisse aux fous qui la font la ruine et la faim.

Tout comme leurs sujets, les nations sont folles,
Leur antique démence a d'étranges accès.
Plus d'une, s'embarquant sur des griefs frivoles,

Fait fouetter Amphitrite avec l'or de Xercès.
Loin de moi le désir d'instruire leur procès,
Je ne mettrai point d'encre aux fleurs des Capitoles.
Je n'en dirai qu'un mot : — ce n'est pas un excès.
La poésie a tort de parler politique.
Le Czar, qui se morfond dans sa noire Baltique,
Dans son monde perdu se trouvant à l'étroit,
Voudrait de l'Hellespont reculer le détroit.
Ce pape d'Orient qu'un faux zèle transporte,
Tout grelottant du spleen de son ciel désolé,
De l'Occident plus gai voudrait forcer la porte :
La Porte, — avec raison, — se bat pour une clé,
Et le plus clair de tout, — c'est qu'on n'a pas de blé.

Mais le respect humain, qui sourdement conspire,
Ainsi que d'un mortel se saisit d'un empire ;
La guerre se faisait, se fait et se fera.
Dans les peuples rivaux la vanité respire,
L'amour de la fumée existe, et durera.
Toute folie, hélas ! ridicule ou sublime,
Vieille comme Saturne, en est à son printemps.
Le monde est un malade incurable ; — en tous temps
La satire a brisé ses dents sur cette lime.
L'esprit public, tyran qui lui-même s'opprime,
Est un enfant gâté qui n'a pas de Mentor.
Non, l'humaine raison, sujette aux folles crises,
Ne se fait pas majeure, et retient son essor.
L'homme ne change pas, et toutes les sottises
Qu'il a faites jadis, il les ferait encor.
Son limon est pétri des mêmes convoitises.
Les preuves en sont là, courant les grands chemins.
Nous nous récrions fort contre ces durs Romains
Qui d'un sang plébéien arrosaient leurs arènes ;

Nous détournons les yeux, nous sommes plus humains,
Et nous ne jetons pas d'esclaves aux murènes.
Mais nous allons, Français, applaudir à deux mains,
Malgré la loi Grammont, tombée en léthargie,
Un autre jeu barbare où la mort est acteur;
Un élégant boucher qui tue avec lenteur,
Nous accoutume au meurtre, et nous dresse à l'orgie!
C'est un grand pas de fait qu'une lice rougie,
Et le Tauréador mène au Gladiateur!

L'Hippodrome, du Cirque est moins loin qu'on ne pense.
Cet exemple à propos, de bien d'autres dispense.
J'en passe, et des meilleurs, — partant des plus bouffons;
Car la folie est femme, et fait grande dépense;
Toute femme bornée adore les chiffons.

Elles seules, pourtant, qu'on obéit, qu'on aime,
De la sagesse en deuil pourraient sécher les pleurs;
Notre raison dépend de leur bon goût suprême :
Les hommes font les lois ; les femmes font les mœurs.

VII

Parmi tant d'insensés, les plus fous — sont les sages.
Autrefois, la folie était gaie ; aujourd'hui,
Elle est grave, pédante, et vient entre deux âges
Épouser froidement le sérieux ennui.

Un tel met la sourdine à de jeunes sornettes,
Se tond, passe l'éponge, et de ses mains bien nettes

Caresse un air capable, un jabot de rentier.
Mais ce n'est pas le tout que d'avoir des lunettes,
Le diable n'y perd pas un tour de son métier;
On sait qu'il rit encore au fond du bénitier.

Un tel, l'esprit noyé dans l'âme de la terre,
Du cordon arômal tenant le bout en main,
De la chaste Phœbé trahit le vieux mystère,
Et, confident du Dieu dont il est secrétaire,
Prétend, tout fou qu'il est, sauver le genre humain.

On l'est pour trop parler, l'est-on moins pour se taire ?

En vain l'extérieur se range et se fourbit,
Un fou qui se déguise est trahi d'une lieue :
Comme un singe en toilette est vendu par sa queue,
La marotte toujours passe un pan de l'habit.

La folie est l'abus de notre intelligence,
De tout dire à tout faire il n'est qu'une cloison.
L'esprit mal dirigé mène à la déraison.
Au jugement, séduit par sa folle indulgence,
C'est lui qui tend le verre et fournit le poison.

L'esprit, autre folie ! et qu'un rien défigure !
L'esprit, un beau sujet de vanité, ma foi !
L'esprit n'a de valeur que suivant la figure,
Celui d'un charbonnier n'est pas celui d'un roi,
Un œil qui louche, un nez de travers lui font loi.
Les réputations montent par escalade.
Un mauvais estomac plaisante peu, — Pylade
Ne va pas sans Oreste, et celui qui jeûna
A dû trouver dans l'autre un piètre camarade.

L'esprit dépend beaucoup de la santé qu'on a.

On va, je le crains bien, me croire un peu malade.

Ma muse à l'hôpital peut finir désormais.
Un seul mot imprudent suffit à perdre un homme !
L'esprit, depuis Gilbert, a fui l'Hôtel-Dieu, mais
Je me consolerai par cet autre axiome
Dont ne m'en voudront pas certains que je connais :
On en a d'autant plus qu'on n'en montre jamais.

VIII

Souveraine du monde, universelle mère !
Toi, qui, lui suspendant quelque bout de chimère,
Fais, sans le moindre égard, le tirant par la main,
Danser la sarabande à tout le genre humain,
O folie éternelle, âme de notre vie,
Beauté des jours heureux, compagne de nos ans,
Quoique l'ingratitude honteusement t'oublie,
Il faut t'aimer quand même, étrange anomalie,
Il faut couvrir de fleurs tes autels triomphants !
Si le bonheur existe, il est dans la folie !
C'est parce qu'ils sont fous qu'on aime les enfants.
On augure à souhait de celui qui s'amuse.
La jeunesse nous plaît par un grain de gaîté.
Les rires sont le cœur, l'esprit et la santé ;
Tandis que des chagrins la déesse confuse,
Pallas, porte à son cou la tête de Méduse !
Plutarque, Cicéron, Sénèque, et leurs amis,

Rêvaient de l'impossible en vantant la sagesse.
L'histoire aussi nous ment; les sept sages de Grèce
Sur leurs pupitres d'or par leur âge endormis,
Furent fous tous les sept dans leur verte jeunesse.

Quand la folie, hélas! mettant sa tête au trou,
Éteint votre lanterne et dehors vous appelle,
Il faut ouvrir, bien sot qui lui met le verrou;
L'oubli, ce dieu sauveur, peut entrer avec elle!
Heureux qui peut passer, en lui restant fidèle,
Du bonheur qui n'est plus au bonheur d'être fou!

IX

La folie est partout; où donc est la sagesse?
Pierre philosophale, introuvable vertu
Que filaient en chantant Pénélope et Lucrèce,
Trésor inestimé, sous quel toit brilles-tu?
Je ne suis point ton hôte, ô sévère déesse,
Je ne t'ai point trouvée aux sources du Permesse,
Ma muse à tes côtés n'a jamais combattu.
Pour toi, gravir le Pinde est une rude épreuve,
Pour de nobles assauts tu gardes ta vigueur;
Et c'est ne point t'aimer, j'en donne ici la preuve,
Que de laisser flotter son âme sur le fleuve,
Et d'ouvrir la fenêtre aux oiseaux de son cœur!

Il faut bien l'avouer, que nous autres poètes,
Ne sommes qu'un vain bruit qui passe sur les têtes;
Que notre voix éteinte et notre émotion

Ont moins d'éclat durable et de vibration
Dans le vivant concert des éternelles fêtes,
Que le moindre soupir de la création !
Pauvre étoile égarée en une nuit immense,
Notre rayon finit où le soleil commence.

Lorsqu'au jour sans appel des grands étonnements,
Dans les cieux déchirés ouvrant les firmaments,
L'ange, étendant sa voix sur la foule glacée,
Dira le dernier mot des derniers jugements,
Nos triomphes, alors, notre gloire amassée,
Vaudront moins au grand jour qu'une bonne pensée,
Une action de cœur, secrète charité,
Au triomphe éternel à jamais fiancée,
Qui s'embellit toujours de sa beauté passée
Et dont l'écho grandit dans l'immortalité !

Mais le fou, dédaigneux du futur diadème,
Sur la vague distraite où sa raison s'endort,
Oublie en les berçant les craintes de son sort.
Car le but souverain, la fin dernière, extrême,
N'est pas l'argent, la gloire, ou l'amour..., c'est la mort !
La mort qui jette l'ancre en abordant au port
Des honneurs, des trésors, et de l'amour suprême !

X

Mais un cadre borné malgré vous s'agrandit.
L'imagination vole, enjambe, bondit,
Devient folle à son tour, et je dois l'interdire.

Chacun supposera, par ce que j'ai pu dire,
Que j'en tais sagement plus que je n'en ai dit.
Des chiffres égarés je néglige les sommes,
Il en est jusqu'à dix que je n'ai pas compté.
Un dernier mot, pourtant, doit bien être ajouté,
Très court : — (la vérité plaît rarement aux hommes); —
Sur une autre folie, une autre absurdité,
Un mal de haut parage, — et c'est l'oisiveté.

Le monde est plein de gens qui ne savent que faire.
On pourrait croire, au fond, que leur unique affaire
Est d'empêcher autrui de faire ce qu'il veut.
Au moins, lorsque le ciel est fâcheux, et qu'il pleut,
On ne sort pas, ou bien l'on prend un parapluie!
Mais un oisif qui tombe, il faut bien qu'on l'essuie.
L'averse est rude et longue, on la prend comme on peut.
Content d'être, et jamais ne voyant qu'il ennuie,
Le flaneur s'éternise et de rien ne s'émeut.
C'est l'homme fort qu'Horace en son ode caresse.
Je ne dis pas de mal de toi, chère paresse;
Je ne te proscris pas dans mes vers exclusifs ;
J'aime les paresseux!... mais non pas les oisifs.
Les gens qui ne font rien sont la peste des autres.
Dissipateurs du temps, prodigues abusifs,
Ils perdent leurs loisirs en gaspillant les nôtres.
Parasites bâilleurs suspendus à vos bras,
Traînant, comme un boulet, leur sottise ennuyée,
Ils vous lestent du poids de leur marche appuyée,
Ouvrant sans fin, sans but, mot par mot, pas à pas,
Des conversations qui n'en finissent pas.
Frêlons jaloux et nuls dont l'alvéole est vide,
Ils vont posant sur tout leur bavardage avide,
Semant la zizanie entre amis, entre époux,

Brouillons enfarinés d'un intérêt perfide,
Disant à l'un : — « Voici ce qu'on a dit de vous. » —
A l'autre : — « Savez-vous le bruit qui court le monde ?
» On vous accuse, hélas! que faut-il qu'on réponde ?
» J'ai nié, mais la foule a droit à des égards ;
» On sait que sur un rien l'opinion se fonde,
» Votre silence étonne et fixe les regards. » —
Puis ils courent ailleurs conter leurs maladies,
Leur repas, leur sommeil, leurs songes, leur procès,
Leur chance au tapis vert, et leurs petits succès ;
La chronique locale, avec ses incendies,
Ses noyés, ses voleurs, y passe jusqu'au bout.
Apprenant les derniers ce que l'on sait partout,
Ils content à mi-voix les choses du théâtre,
Et font un grand secret... de la mort d'Henri quatre.

Ainsi, trésor sans prix à tout vent répandu,
Comme l'eau dans la main le jour pleuré s'écoule!
On ne retrouve plus le temps qu'on a perdu ;
D'un côté seulement le grand sablier coule.

Le premier dont la verve ébaucha ce tableau,
Théophraste, écrivait des rois du caquetage :
— « Leur langue dans leur bouche est un poisson dans l'eau. » —
Il ne connaissait pas les écureuils en cage.
Ésope aussi dit vrai : — « La langue est un fléau. » —

Ah! le silence est d'or, il parle comme un livre.
Que le ciel qui peut tout, vous accorde de vivre
Loin des fous importuns, pesants, oisifs, musards,
Ennuyés, ennuyeux ; — surtout, qu'il vous délivre
De ces autres plus fous qu'on nomme les bavards !

Mais vraiment, je deviens d'une imprudence extrême ;
La corde que je touche est celle d'un pendu.
L'inconséquence humaine est un grave problème !
J'ai parlé des bavards, que suis-je ici moi-même ?
Je croque à belles dents le doux fruit défendu.
Tandis qu'on vous attend, pendant que chacun grille
De regagner bientôt le foyer de famille,
Les douceurs du ménage — (il faut tout supposer !) —
Sans règle ni raison, sans crainte d'abuser,
Mon indiscrète muse à son aise babille.
J'ai prêché contre un vice et n'en suis point absous.
Au métier de parleur succombant comme un autre,
Je vous ai pris un temps dont vous étiez jaloux ;
J'ai perdu ma soirée en vous gâtant la vôtre....
Vous le voyez donc bien : — tous les hommes sont fous.

Novembre 1853 (¹)

(¹) Il est nécessaire de revenir par la pensée à cette date pour saisir les allusions des pages 15, 16 et 17. Les *à-propos* ne vivent qu'une heure ; le temps, en les vieillissant, détruit leur seul mérite, qui était la spontanéité de leur éclosion.

300

DU MÊME AUTEUR

1° Volumes in-12 :

Les Premières Fleurs, poésies. Magen et Comon............ 1840
Récits de Suisse et d'Italie, lettres au galop. Ledoyen et Giret. 1854
Rose des Alpes, légende en vers (3 eaux-fortes par Drouyn). Dentu. 1856
Le Roitelet, verselets et dédicaces. Dentu.................... 1859

Épuisés.

2° Plaquettes in-8°. Lectures aux séances publiques de l'Académie de Bordeaux :

Discours de Réception 1852
Rapport sur le concours de poésie 1853
La Lampe du Sanctuaire, causerie en vers................. 1853
Tous les hommes sont fous, bavardage improvisé, en vers (3e éd.) 1854
Personne n'est heureux, fragments satiriques, en vers 1854
Rimes buissonnières contre l'uniformité, en vers........... 1857
Discours d'installation à la présidence de l'Académie 1859
   Id.   pour la réception de M. Joseph VILLIET............... 1859
   Id.   pour la réception de MM. ARMAN et LESPINASSE 1859
   Id.   pour la séance annuelle de distribution des prix....... 1860

3° Id., id. Travaux et lectures en séances ordinaires :

Table méthodique des publications de l'Académie, depuis 1848 jusqu'en 1860 exclusivement............................ 1860
Scènes du déluge en 1866, poésie........................ 1858
L'Arbre devenu vieux, paysage philosophique, en vers (3e éd.). 1862
Rapport sur la *Coupe aux Cygnes*, sculptée sur bois par Lagnier. 1863
Menus propos. 1re série.................................... 1867
   Id.   2e série.. 1871
Rapports divers, etc., etc., etc.......................... 1852-1870

4° Publications séparées :

Les Hirondelles, poésies, nos 1 et 2........................ 1855
Noël, lamentation épisodique, fragment de poème.............. 1863
Le Cœur d'un enfant, étude, en vers (4e édit.)................ 1864
La Soif de l'infini, stances............................. 1864
Mens agitat molem, id., etc., etc.......................... 1864

5° Nouvelles en prose et en vers publiées dans divers journaux, revues et recueils :

La Maison blanche de Villiers-les-Bois; — **Le Brin de guipure**, souvenir de Nice; — **Histoire d'un poème**; — **Les Bornes milliaires**; — **Les trois Règnes**, flânerie poétique et profane sur les confins sacrés de la science; — **Un Clair de lune**; — **Les deux Voleurs**; — **Einsiedeln**; — **Les Riens de la vie**; — **Simonet**; — **Mariquita**, veillée des monts Cantabres; — **Paquerette**; — **La Fleur ailée**; — **Écrit aux vendanges dernières**; — **La Nuit du Poète**; — **Le Rêve de famille**; — **Pages sacrées**; — **Les Destinées**; — **Cerise**; — **Le comte de Peyronnet**; — **La Parole du Christ**; — **La Prière de l'Innocence**, etc., etc.; — **Comptes-rendus** d'expositions de peinture, — plus un grand nombre de **feuilletons** et **articles critiques** parus dans une quinzaine de feuilles politiques et littéraires.